(ग़ज़ल-संग्रह)

हमारी सदी में

हरीश दरवेश

Anybook

Published By

Anybook

Cell : 9971698930

E-mail : contactanybook@gmail.com

Website : www.anybook.org

Price in India : 200/- INR

First published by Anybook in 2023

Copyright © 2023 Anybook

Copyright Text © 2023 Harish Kumar Shrivastav

Printed and bound in India

Cover Design & Typesetting by Anybook

ISBN : 978-93-91571-40-5

पूजनीया माता
स्व. विद्या देवी जी
को समर्पित

उन्हें ख़ुद आ के अपनी रौशनी दिनमान देता है
हमें उतनी ही मिलती है जो रौशनदान देता है

अनुक्रम

ग़ज़लें

इसी ज़मीन की उपज

बस्ती के अदीबों में हरीश दरवेश ऐसे ग़ज़ल-गो हैं, जिनमें हिन्दी को सम्बोधित करने की तमाम सम्भावनाएँ हैं। वे केवल कहने भर को दुष्यन्त या अदम गोण्डवी की रवायत के शायर नहीं, बल्कि उनके इर्द-गिर्द शेर कहकर उस परम्परा को जीवन्त बनाये रखने की क्षमताओं से लैस हैं। उनके भीतर एक आम नागरिक की ख़ुद्दारी और उसकी तक्लीफ़ें मौजूद हैं, जिसे वे कविता के ज़रिए सार्वजनिक करते हैं।

अक्सर अदम गोण्डवी के लहजे और वज़्न से रू-ब-रू हरीश दरवेश उनके मेयार को आगे तक ले जाते हैं। उनके उन्वान में हिन्दुस्तान की तंगहाल वह खेतिहर जमात है, जो इस देश की रीढ़ है। इसीलिए हरीश दरवेश की शायरी में हमेशा मिट्टी, खेत, खलिहान, पस्ती वग़ैरह के साथ एक तनी हुई ख़ुद्दारी भी मौजूद है। यहाँ तक कि आधुनिक तकनीकी समय में भी उनकी कविता कल-कारख़ानों की जगह खेत-खलिहान को ही ज़ियादा तवज्जो देने की हिमायती है। उनकी शायरी रँगी हुई शायरी नहीं, बल्कि रगों में बहती हुई शायरी है, जिसमें प्रश्नांकन की हिम्मत और तमीज़ है–

मुफ़्लिसी में हम उन्हीं खेतों की मिट्टी खा गये।

आप जिनकी मेड़ पकड़े राजधानी आ गये।

योजनाएँ फ़ाइलों के पार जा पायी नहीं,

बस बड़ा बैनर हमारे गाँव में लटका गये।

कविता अभिव्यक्ति के साथ एक सलीक़ा भी है। उसमें भी ग़ज़ल का सलीक़ा और मुश्किल है। फिर ग़ज़ल भी सिर्फ़ सलीक़ा नहीं है। उसके अर्थपरक होने के लिए ज़िन्दगी में गहरे धँसने की दरकार होती है और धँसकर फिर ऊपर आना होता है, लेकिन हमारे वक़्त की हक़ीक़त यह है कि ग़ज़ल को

सबसे आसान मान लिया गया है। इस आसानी ने ग़ज़ल की आबरू उतार ली है। इसी तरह की प्रवृत्ति को ही देखकर कभी कवि ठाकुर ने कहा था– 'लोगन कबित्त कीबो खेल करि जानो है।' हरीश दरवेश कविता को खिलवाड़ नहीं मानते और न ही उससे खिलवाड़ करते हैं। वे अपनी शायरी को बहुत ज़िम्मेदारी के साथ मानीख़ेज़ बनाते हैं। उनके भीतर किसी क़िस्म की अधीरता नहीं। वे वाचालताओं से बचनेवाले शायर हैं–

उसे पता है कहाँ बोलना मुनासिब है,
ख़मोश बैठा है जो आदमी ज़बान लिये।

हमारे मुल्क की सियासत अजीब है। यह आम आदमी के कन्धों पर सवार होकर सिंहासन तक पहुँचती है और ऊपर से उसी अवाम को ठेंगा भी दिखाती है। फिर निरंकुश शासन की प्रार्थना में अक्सर वे भी शामिल हो जाते हैं, जिन पर जनसाधारण की आवाज़ बनने की ज़िम्मेदारी होती है। इससे लोकतंत्र लगातार ह्रासोन्मुख होता जाता है। सिर्फ़ सरकार और व्यवस्था के बदल जाने के बावजूद आमजन की परेशानियाँ जस-की-तस रह जाती हैं। ऐसी अनुदार व्यवस्था की समूची कहानी हम इन अशआरों में देख-पढ़ सकते हैं–

मेरे काँधे पे सर रखकर जो दुश्मन फूटकर रोया,
तो पहली बार देखी ज़िन्दगी में प्यार की ताक़त।

हज़ारों टन उगाकर भी मिली है सिर्फ़ दो रोटी,
किसानों पर बहुत भारी पड़ी बाज़ार की ताक़त।

कभी जो एक पन्ना तोप का मुँह तोड़ देता था,
कहाँ गुम हो गयी है आज उस अख़बार की ताक़त।

बचा ले जान मुफ़्लिस की ज़िले के अस्पतालों में,
न इस सरकार की ताक़त न उस सरकार की ताक़त।

जिसे सुनकर करोड़ों पाँव पीछे चल दिये उठकर,
रही आवाज़ में उस शख़्स के किरदार की ताक़त।

हमारी सदी में

आज का किरदार ही सबसे सन्देहास्पद है। वह चाहे दोस्त हो या दुश्मन या हमारा रहनुमा। हरीश का शायर बार-बार और जगह-जगह आदमी के इस फ़रेब से बेचैन और बेबस है, लेकिन कोई भी बेबसी किसी कवि के सोचने पर पाबन्दी नहीं लगा सकती। एक कवि के रूप में हरीश दरवेश के किरदार से हमें यह दिलासा और भरोसा और बार-बार हासिल होता है।

बेशक शायरी के अनेक रूपों से ताक़त और तरीक़ा हासिल करने के बावजूद हरीश दरवेश का अन्दाज़े-बयाँ अपना है और वह इसी ज़मीन की उपज है। उनकी शायरी के रंग भी इकहरे नहीं। यहाँ चारों ओर उजास बिखेरती धूप के दीवार से लौट जाने की कसक है तो दिन-ब-दिन आदमी के बेजान होते जाने का उच्छवास भी। आदमी के पत्थर में तब्दील होते जाने का अफ़्सोस एक ओर तो दूसरी ओर हरीश दरवेश जैसे शायर की दिलेरी। इसे वे कुछ इस तरह देखने और महसूस करने का प्रस्ताव करते हैं–

छेक लेती है जो मेरे घर को छत से द्वार तक।
धूप आकर लौट जाती है उसी दीवार तक।

धूप की यह झलक और फिर उसके मुँह फेर लेने की यही कहानी हरीश दरवेश की शायरी में हर्फ़-हर्फ़ पढ़ी-सुनी-देखी और गुनी जा सकती है। हमारे तबक़े के इस मक़्बूल शायर की यह पहली जिल्द बहुत प्यार, आत्मीयता और फ़ख़्र के साथ अपनायी जायेगी, ऐसा हमारा दिल कहता है। हरीश दरवेश को अनगिनत शुभकामनाएँ।

अष्टभुजा शुक्ल
वरिष्ठ कवि, बस्ती

क्या कहें माहौल को, क्या आदमी को

बीसवीं सदी के आख़िरी दशक की शुरूआत, यानी सन् 1991-92 में फ़ैज़ाबाद से इलाहाबाद की एक बरात में हरीश कुमार श्रीवास्तव बस में मेरे बग़ल बैठे थे। उस समय मैं शायरी करना तो दूर शायरी नाम की चिड़िया से भी वाक़िफ़ नहीं था। अचानक हरीश ने कहा कि— ''भइया मैं कुछ सुना रहा हूँ, ध्यान से सुनिए, अच्छा लगेगा।'' फिर हरीश ने कुछ पंक्तियाँ सुनायीं, जिनमें ये मत्ला भी था—

क्या कहें माहौल को, क्या आदमी को।

धो रहे हैं आज हम गंगा नदी को।

और बताया कि ये मेरी ग़ज़लें हैं और मैं हरीश दरवेश नाम से शायरी करता हूँ। यक़ीनन् इनकी ग़ज़लों से मैं बहुत प्रभावित हुआ और मुझे सुखद आश्चर्य हुआ, क्योंकि हम दोनों का ही बचपन फ़ैज़ाबाद (अब अयोध्या) के महाजनी टोला नाम के ऐसे मोहल्ले में गुज़रा है, जहाँ शायरी का बिल्कुल माहौल नहीं था और जहाँ तक मेरी जानकारी है हरीश के परिवार में भी मेरे ही परिवार की तरह कोई शायर नहीं था; यानी हम दोनों को न शायरी का कोई माहौल मिला न विरासत। हाँ, सुन्दरकाण्ड और अखण्ड रामचरितमानस-पाठ का ज़रूर वहाँ माहौल था, जिसमें अक्सर हम दोनों साथ रहते थे। हरीश उम्र में मुझसे 2-3 साल कम हैं और सन 1989 में नरेन्द्र देव इण्टर कॉलेज, जलालपुर जाने के पहले मैं साकेत महाविद्यालय फ़ैज़ाबाद के अस्थायी वाणिज्य-विभाग में जब प्रवक्ता के पद पर कार्यरत था तो ये बी. कॉम. कर रहे थे और मेरे स्टूडेंट भी रहे हैं, लेकिन इनकी शायरी की उम्र मेरी शायरी की उम्र से निःसन्देह कहीं अधिक है। इन्होंने शायरी कब शुरू की ये तो मैं नहीं जानता, लेकिन ये ज़रूर कह सकता हूँ कि ये बचपन से ही शायरी कर रहे हैं और इनका शायरी का सफ़र तीन दहाई से अधिक का हो चुका होगा। ज़िन्दगी में तरक़्क़ी और कामयाबी में नसीब का भी बहुत बड़ा हाथ होता है।

किसी को बहुत कम मेहनत और कम योग्यता के बाद भी बहुत-कुछ हासिल हो जाता है और कोई बहुत मेहनत और सलाहीयत के बाद भी वो हासिल नहीं कर पाता जिसका वो हक़दार होता है। मंच पाने का प्रपंच जो जानते हैं वो कमज़ोर शायरी के बावजूद बहुत जल्दी मशहूर हो जाते हैं और जो मंच-प्रपंच नहीं जानते, अच्छी शायरी के बावजूद उतनी शोहरत हासिल नहीं कर पाते जितनी उन्हें मिलनी चाहिए। दुर्भाग्य से हरीश दरवेश भी ऐसे ही शायरों में शुमार किये जा सकते हैं, जो अच्छी शायरी के बावजूद मंच हासिल नहीं कर सके, लेकिन भला हो जुकरबर्ग और फेसबुक का, जिसने हरीश दरवेश जैसे अनेक शायरों को मंच दिया और फेसबुक पर आने के बाद कुछ ही सालों में इन्होंने अपनी सलाहीयत का लोहा मनवाया। आज देश-दुनिया में इनकी पहचान है और हिन्दोस्तान ही नहीं, बल्कि दीगर मुल्कों में भी समकालीन ग़ज़लों और जदीद लब-ओ-लहजे के ग़ज़लकारों में हरीश दरवेश का नाम किसी परिचय का मोहताज नहीं है। आज इन्हें दुष्यन्त कुमार तथा अदम गोण्डवी की रिवायत का एक अहम शायर माना जाता है। कई बरसों से मैं भी इनसे कहता रहा हूँ कि तुम्हारी किताब आनी चाहिए और कोरोना-काल के पहले से ही ये भी मुझसे अक्सर अपने ग़ज़ल-संग्रह का ज़िक्र करते थे, लेकिन किसी-न-किसी कारण ये अमल टलता रहा। विगत दिनों इन्हें गम्भीर शारीरिक समस्या का भी सामना करना पड़ा और कई महीने ये शायरी और देश-दुनिया से कटे रहे। ईश्वर की कृपा से अब हरीश स्वस्थ हैं और बहुत इन्तज़ार के बाद आज इन्होंने जब कहा कि मेरी ग़ज़लों की किताब आ रही है दो शब्द लिख दीजिए तो मुझे जो ख़ुशी हुई उसे शब्दों में बयान करना मुश्किल है। मैं रस्मन् ये बात नहीं लिख रहा हूँ, बल्कि ये हक़ीक़त है और मुझे यक़ीन है कि हरीश दरवेश की ग़ज़लों की किताब का ग़ज़ल की दुनिया में भरपूर स्वागत और सम्मान होगा। मैं दिल की गहराइयों से अपने अनुज हरीश दरवेश को उनके प्रथम ग़ज़ल-संग्रह 'हमारी सदी में' की बधाई और शुभकामनाएँ देता हूँ और ईश्वर से प्रार्थना करता हूँ कि वे शीघ्र पूर्ण स्वस्थ हों, दीर्घायु हों और सुखमय जीवन के साथ सदैव अदब और साहित्य की ख़िदमत करते रहें।

कालीचरण इंटर कॉलेज
लखनऊ (उ. प्र.)

नेक ख़्वाहिशात के साथ
डॉ. अवधी हरि

साझा विरासत की ज़िन्दा मिसाल

हरीश दरवेश मुझे कब, कहाँ और कैसे मिले ये बिल्कुल याद नहीं, लेकिन ये ज़रूर याद है, कि वो मुझसे मिलते ही इस तरह मेरे दिल में घर करते चले गये कि मुझे कभी महसूस ही न हो सका कि वो मेरी ज़िन्दगी का एक अहम हिस्सा नहीं हैं। बहुत ही कम वक़्त में उनका मेरी रूह में इस तरह बस जाना यूँ ही नहीं है, बल्कि इसके कई कारण भी हैं। पहला तो ये कि ये 'साहब' शेर कहते हुए मेरे क़रीब आये; मतलब साफ़ है कि ये मुझसे मुलाक़ात से पहले ही अच्छी-ख़ासी शायरी कर चुके थे। दूसरा ये कि इनमें अपने बड़ों से बहुत-कुछ सीखने की एक ख़ास प्यास दिखायी दे रही थी। तीसरी और सबसे अहम बात ये थी कि लफ़्ज़ 'दरवेश' के जितने अर्थ शब्दकोश में दिये गये हैं, वो सब के सब मुझे इनके अस्तित्व और व्यक्तित्व में समाहित दिखायी दिये। मुझे उस ज़माने में ये तो नहीं मालूम था कि उनका मूल नाम हरीश 'शिव' और 'विष्णु' जी का संयुक्त है, फिर भी जाने क्यूँ मुझे 'हरीश दरवेश' की शाब्दिक संरचना बहुत पसन्द आयी। दरवेश की मुहब्बतों का ये आलम है कि उस ज़माने से आज तक ये मेरे दोस्त कम और छोटे भाई बनकर ज़ियादा रहे। ख़ुदा का शुक्र है कि ये सिलसिला आज भी क़ायम है। वैसे भी मेरा अपना विश्वास है कि आज के भौतिकवादी संसार में अगर कोई रिश्ता तीस-पैंतीस बरस एक स्थिति में स्थिर रह जाये तो इसे सिर्फ़ और सिर्फ़ ईश्वर का वरदान समझना चाहिए और कुछ भी नहीं।

हरीश दरवेश बहुत ही विनोद-प्रिय और ज़िन्दादिल इंसान हैं। अपने बड़ों से आशीर्वाद बटोरना और छोटों में उन्हें वितरित करते रहना इनके जीवन की सबसे अहम व्यस्तता रही है। संघर्षों से भरी इनकी ज़िन्दगी के कई दुखदायी पहलू ऐसे भी हैं जिन्हें उनकी क़रीबी मित्र-मण्डली हर वक़्त महसूस भी करती है और इनकी हिम्मत और हौसले की सराहना भी करती है। मेरी इस बात से शायद सभी सहमत होंगे कि ईश्वर ने बचपन से दरवेश को इतनी ताक़त दे रक्खी है कि वो आज तक सन्तोष, धैर्य और दृढ़ता की मिसाल क़ायम करते हुए असग़र गोण्डवी के इस शेर को भरपूर तरीक़े से चरितार्थ करके अपनी ज़िन्दगी का सफ़र तय कर रहे हैं—

चला जाता हूँ हँसता-खेलता मौजे-हवादिस से,
अगर आसानियाँ हों ज़िन्दगी दुश्वार हो जाये।

हरीश दरवेश की शायरी के सिलसिले में बात की जाये तो इनकी रचनाधर्मिता पर सलाम पेश करने को जी चाहता है। इनकी ग़ज़लों के प्रसंग और विषय ख़ालिस हिन्दोस्तानी हैं। उन्होंने अपनी शायरी में हमेशा उस हिन्दोस्तान की तस्वीर पेश करने की कोशिश की जो न तो टी. वी. चैनलों में दिखायी देता है और न ही अख़बारों की सुर्ख़ियाँ उसका मुक़द्दर बन पाती हैं। वो राष्ट्रीय एकता व अखण्डता के पक्षधर भी हैं और हिन्दी-फ़ारसी के सम्मिश्रण से बने अपने नाम की तरह देश की साझा सांस्कृतिक विरासत की एक जीती-जागती मिसाल भी। यही वज्ह है कि वो अपने आचारों-विचारों को शायरी बनाने से पहले उन्हें ख़ुद जीने की पूरी तरह कोशिश करते हैं। आज की व्यवस्था में जलते-सुलगते हमारे खेत-खलिहान, गाँव-घर, पेड़-पौधे, जंगल-नहरें, नदियाँ-पहाड़ व मरुस्थल हरीश दरवेश की शायरी में जगह-जगह रोते-सिसकते और आहें भरते दिखायी देते हैं। उनके शब्दों का रख-रखाव देखते ही बनता है। आज साहित्यिक दुनिया उन्हें लाख हिन्दी-ग़ज़लकार के रूप में जानती और पहचानती हो, लेकिन मैंने उन्हें हमेशा हिन्दी-कवि के बजाय हिन्दी का शायर ही कहा, क्यूँकि दरवेश ने अपनी चिन्ताओं और विचारों को दुनिया के सामने लाने के लिए भले ही हिन्दी शब्दावली को अपना माध्यम बनाया हो, लेकिन उर्दू-ग़ज़ल के बुनियादी उसूलों और परम्पराओं की उन्होंने कभी उपेक्षा नहीं की। वो हमेशा शायरी के उस सलीक़े और शऊर की खोज में रहे, जिससे ग़ज़लें रौशन और चमकदार हो जाया करती हैं। यही वज्ह है कि आज उनकी शायरी उन तमाम बड़े शायरों से भी कहीं आगे का सफ़र करती हुई दिखायी देती हैं, जिन्हें इन्होंने बचपन से अपना आइडियल और आदर्श बना रक्खा था।

मैं चाहूँ तो उनके बहुत-से शेर उदाहरण स्वरूप यहाँ प्रस्तुत भी कर सकता हूँ, लेकिन इससे यह लेख बड़ा हो जायेगा और मुझे ये डर भी है कि कहीं इससे ग़ज़लों का इतना प्यारा संकलन बासीपन का शिकार न हो जाये। इसलिए मेरी विनती है कि आप अन्दर के पन्नों की साहित्यिक यात्रा करें और इनकी ग़ज़लों के एक-एक शेर से स्वयं मिलें, उनका आनन्द लें और रसास्वादन करें। हरीश दरवेश को ढेर सारी दुआएँ और शुभकामनाएँ। अल्लाह इन्हें लम्बी उम्र के साथ-साथ बड़ी-से-बड़ी ज़िन्दगी दे, ताकि आनेवाली पीढ़ियाँ उनकी शायरी से बहुत-कुछ सीख सकें।

शाहिद जमाल
1379, हसनू कटरा
फ़ैज़ाबाद (अयोध्या)

सिर्फ़ हंगामा खड़ा करना मेरा मक़्सद नहीं

साहित्य एक गम्भीर विषय है। साहित्य से जुड़ने के लिए व्यक्ति का गम्भीर और संवेदनशील होना अति आवश्यक है। ऐसे में हम जैसे लोगों का साहित्य से जुड़ा होना एक अपवाद स्वरूप ही लगता है। हमारी सोच एक त्वरित प्रक्रियावादी सोच है, जहाँ जो कुछ भी अनुभव हुआ तुरन्त उसे अपनी भाषा में बिना किसी शिल्प-सौन्दर्य के कह दिया। कविता आभास से अभिव्यक्ति तक की एक आनन्दमयी यात्रा है। शायरी जैसे दुरूह छन्द में कविता थोड़ी-सी और मुश्किल हो जाती है, क्योंकि उसमें छन्द के अनुपालन का एक विशेष आग्रह होता है। ग़ज़ल-विधा में भाषा के नाम पर उसके शिल्प से किसी भी प्रकार की छेड़छाड़ की इजाज़त किसी को नहीं है। ये मेरी अपनी व्यक्तिगत सोच है। समकालीन ग़ज़ल का भी एक लम्बा इतिहास है, जिसमें कथ्य, शिल्प और भाषा के नये-नये प्रयोगों ने ग़ज़ल-विधा को और समावेशी बनाया है और यही शायद इस विधा के अति लोकप्रिय होने का परिचायक भी है।

अपनी बात कहने के लिए ग़ज़ल के शिल्प-सौन्दर्य का तो कभी ध्यान भी नहीं रहा, ये शायद इस विधा के शिल्प की कम जानकारी के कारण भी हो सकता है। काफ़ी समय पहले वरिष्ठ कवि आदरणीय दादा राजमूर्ति सिंह 'सौरभ' जी के ग़ज़ल-संग्रह 'खुशबू आनेवाली है' का लोकार्पण प्रतापगढ़ में हुआ था, (इसके साथ यह सत्य भी बता दूँ कि मुझे हिन्दी-भाषा में ग़ज़ल कहने के लिए आदरणीय दादा सौरभ जी ने ही प्रेरित किया था और आज जब ये ग़ज़ल-संग्रह आ रहा है तो उनका हृदय से धन्यवाद करता हूँ) उस लोकार्पण कार्यक्रम में मुख्य अथिति के रूप में आदरणीय रामनाथ सिंह 'अदम गोण्डवी' जी उपस्थित थे। कार्यक्रम के दूसरे दिन मुझे बस्ती आना था और अदम दादा को गोण्डा जाना था, सो अयोध्या तक का सफ़र हम लोग एक ही बस में किये। रास्ते में अदम जी ने कहा कुछ सुनाओ, तो मुझे बहुत

हमारी सदी में

अच्छा लगा। मैंने उन्हें एक ग़ज़ल सुनायी। उस ग़ज़ल को सुनकर अदम जी ने कहा— “तुम नये लोग यही कर रहे हो। तुम्हारे पास सर्वहारा समाज का दर्द तो है, लेकिन उनकी भाषा नहीं है। तुम बुधुआ की बात तो करोगे, लेकिन बुधवा ही तुम्हारी बात नहीं समझ पायेगा।” ये बात मेरे अन्दर कहीं गहरे बैठ गयी।

सच ही कहा गया है ‘संगत से गुण होत है, संगत से गुण जाय’। मेरा सौभाग्य ये रहा कि मेरा जन्म, मेरी शिक्षा-दीक्षा सब फ़ैज़ाबाद (वर्तमान में अयोध्या) में हुई। मैं जिस समय कविता के क्षेत्र में आया, उस समय वहाँ राष्ट्रीय ख्यातिप्राप्त कवियों की एक बड़ी फ़ेहरिस्त थी, जिसमें सर्वश्री हरिश्चन्द्र पाण्डे ‘सरल’, दयानन्द सिंह ‘मृदुल’, रफ़ीक़ सादानी, जमुना प्रसाद उपाध्याय, राजमूर्ति सिंह ‘सौरभ प्रतापगढ़ी’, शाहिद जमाल, रामानन्द सागर, ताराचन्द ‘तन्हा’, अंजनी कुमार तिवारी ‘शेष’, शोभनाथ फ़ैज़ाबादी, डॉ. उर्फ़ी आदि प्रमुख थे। इन लोगों का सान्निध्य और इनका उत्साहवर्धन हमेशा मेरे साथ रहा।

एक और बहुत ज़रूरी बात ये भी बतानी है कि ये बात बिल्कुल सच है कि ‘जहाँ चाह है वहाँ राह है’। ये बात इसलिए कि ग़ज़ल का छन्द-शास्त्र बहुत कठिन है। ऐसे में किसी उस्ताद की ज़रूरत रहती-ही-रहती है। उर्दू-शायरी में उस्ताद और शागिर्द की परम्परा शुरू से रही है। ग़ज़ल कहने के लिए एक उस्ताद की ज़रूरत लगी तो ये बहुत कठिन काम लगा और फिर सोचा इसके लिए क्या किया जाये, उसी समय फेसबुक पर सिंगापुर की प्रसिद्ध शायरा श्रद्धा जैन जी ने एक ग्रुप बनाया और उसमें एक बहुत ही अहम नाम आदरणीय आदिक भारती सर का रहा। सोनीपत (हरियाणा) के रहनेवाले आदरणीय आदिक सर अरूज़ (ग़ज़ल का छन्द-शास्त्र) के मर्मज्ञ हैं। मेरी हिन्दी-भाषा की ग़ज़ल पढ़कर उनका ध्यान मेरी ओर जाने लगा। धीरे-धीरे उन्होंने मुझे ग़ज़ल के छन्द-शास्त्र की जानकारी दी और मेरे ऊपर कड़ी नज़र रखने लगे। मैं आज तक आदरणीय आदिक भारती सर से नहीं मिला, लेकिन गुरु-पूर्णिमा के दिन उनकी फोटो फेसबुक पर लगाकर उनका धन्यवाद ज्ञापित करना कभी नहीं भूलता।

जीवन के काफ़ी झंझावातों से जूझते हुए मुझे फ़ैज़ाबाद से अपने गृह जनपद बस्ती आ जाना पड़ा। यहाँ मेरा परिचय देश के प्रख्यात कवि सर्वश्री बालसोम गौतम, अष्टभुजा शुक्ल, भद्रसेन बन्धु, रघुवंश मणि, मुरली मनोहर सिंह, राम नरेश ‘मंजुल’, ताज़ीर बस्तवी, परवेज़ आरिज़, रामकृष्ण लाल

‘जगमग’, विनोद उपाध्याय, सतेन्द्र नाथ ‘मतवाला’, अफ़ज़ल हुसैन, अनवार हुसैन ‘पारसा’ और फ़ैज़ ख़लीलाबाद आदि लोगों से हुआ। इन सबने सदैव मेरा बहुत सहयोग किया और समय-समय पर उत्साहवर्धन करते रहे। अब मेरे गाँव (हियारूपुर विक्रमजोत) जो अयोध्या की सीमा की विकास के साथ अयोध्या में शामिल कर लिया गया, के कारण मैं एक बार फिर अयोध्यावासी हो गया हूँ।

आख़िर में मैं दो लोगों का विशेष रूप से आभार प्रकट करना चाहता हूँ; पहला तो दीपक रूहानी का। दीपक मेरे छोटे भाई की तरह हैं। सन 2000 में जब दीपक फ़ैज़ाबाद एम. एससी. करने आये तो परिचय हुआ। ये उनकी मुहब्बत है कि इस परिचय को वो आज तक निबाह रहे हैं। मेरे पीछे पड़कर मुझसे ग़ज़लें मँगवायी और जिसका अंजाम ये हुआ कि आज ये किताब आपके हाथ में है। दूसरा आभार ‘एनीबुक’ के कर्ता-धर्ता अनुजवत पराग अग्रवाल का है, जिन्होंने ये किताब इतने अच्छे ढंग से प्रकाशित की।

अपना ये पहला काव्य-संग्रह आपके बीच इस सोच और सहमति के साथ ला रहा हूँ कि इसमें त्रुटियाँ तो होंगी-ही-होंगी। आशा है आप उस पर मेरा ध्यान दिलाते हुए अपने विचार अवश्य साझा करेंगे।

हिन्दी-दिवस
2022

हरीश दरवेश

हमारी सदी में

ग़ज़लें

देखकर मौसम पुराना आज भी बाहर पुन:
ज़िन्दगी ने ओढ़ ली है सब्र की चादर पुन:

हमारी सदी में

रेत की प्यास हो गया जीवन।
एक संत्रास हो गया जीवन।

भाव गंगा-से हो गये मेरे,
और रैदास हो गया जीवन।

वो क़रीब आया तो हुआ महसूस,
मेरे भी पास हो गया जीवन।

आज आँखों में आ गये आँसू,
आज आभास हो गया जीवन।

रोज़ जीने का रोज़ मरने का,
एक अभ्यास हो गया जीवन।

ऊब गये अख़बार देखकर।
रो.ज़ी के आसार देखकर।

सपनों का सच जान लिया है,
एक नहीं सौ बार देखकर।

करुणा बरबस फफक पड़ी है,
निर्धनता की मार देखकर।

रिश्ता ख़ुद पर शर्मिन्दा है,
आँगन की दीवार देखकर।

दुखियों के दुख भूल गये वो,
दिल्ली का दरबार देखकर।

लौट रहा हूँ उस कोठी से,
ब्याह नहीं व्यापार देखकर।

अनजाने जीवन के पथ पर,
चलना होगा यार देखकर।

हम इतने बेजान हो गये।
पत्थर के उपमान हो गये।

सम्बन्धों के सभी आकलन,
इस युग में अनुमान हो गये।

होंठ जहाँ सहमे, उस घर की,
दीवारों के कान हो गये।

कड़वे-खट्टे-मीठे अनुभव,
जीवन के सोपान हो गये।

मन्दिर की छत पानेवाले,
सब पत्थर भगवान हो गये।

अँधियारे की हद पर चमके,
जुगनू भी दिनमान हो गये।

सच की चौखट से टकराकर,
सपने लहूलुहान हो गये।

बीच भँवर में नाव सरीखा।
जीवन लगता दाँव सरीखा।

सच्चाई की कड़ी धूप में,
मीठा सपना छाँव सरीखा।

बसता और उजड़ता है मन,
बंजारों के गाँव सरीखा।

उर पैठा संकल्प सँभलता,
मधुपायी के पाँव सरीखा।

मेरा और दर्द का रिश्ता,
टीस और पछियाँव सरीखा।

अंगारों से खेली हरदम।
घायल रही हथेली हरदम।

हर दिन बदले रूप ज़िन्दगी,
मुझको लगे पहेली हरदम।

तृष्णा उर की पीड़ाओं से,
करती है अठखेली हरदम।

अगनित पराजयों से आशा,
लड़ती रही अकेली हरदम।

दुश्मन जले कभी अवसर पर,
जलते हेली-मेली हरदम।

छेक लेती है जो मेरे घर को छत से द्वार तक।
धूप आकर लौट जाती है उसी दीवार तक।

जिसके मन में था नदी को जीत लेने का गुमान,
ज़िन्दगी उस नाव की महफ़ूज़ थी मझधार तक।

हम नहीं तो कौन देखेगा अब इन लोगों की भूख,
आपकी नज़रें तो अटकी हैं लबो-रुख़सार तक।

क्या कहा सरकार ने ये रोज़ बतलाते हैं आप,
बात मेरी भी कभी पहुँचाइए सरकार तक।

ख़्वाहिशों की आग पर इतनी हवा अच्छी नहीं,
इस लपट की आँच जायेगी तेरे किरदार तक।

हमारी सदी में

व्यवस्था में विषमता की महामारी से लड़ना है।
मगर पहले हमें अपनी समझदारी से लड़ना है।

ज़रा-सी देर में सेवक, ज़रा-सी देर में स्वामी,
मुखौटेदार लोगों की अदाकारी से लड़ना है।

उन्हीं से कर रहे हैं जंग के ऐलान की आशा,
कि जिनको रोज़ रोटी-दाल-तरकारी से लड़ना है।

दबाने पे तुला है जो हमारा इंक़लाबी स्वर,
हुकूमत में छिड़े उस राग-दरबारी से लड़ना है।

विरासत में बग़ावत ही मिली है दोस्तो! हमको,
हमें अंजाम तक 'दरवेश' दमदारी से लड़ना है।

अब लोगों का हाल न पूछो।
उलझा हुआ सवाल न पूछो।

उस छप्पर के घर में कैसे,
आयी रोटी-दाल न पूछो।

हँसना-रोना, पाना-खोना,
जीवन के जंजाल न पूछो।

अक्सर अपनी इच्छाओं को,
क्यों जाते हैं टाल न पूछो।

क़िस्मत से फ़र्ज़ी बन बैठा,
उस प्यादे की चाल न पूछो।

जो सच था वो बोल दिया तो,
फूले कितने गाल न पूछो।

निभ सकेगी न आप लोगों से।
दोस्ती, रोड-छाप लोगों से।

थक गया वो, ग़रीब होने का,
राग अपना अलाप लोगों से।

बात करता है एक-सी लेकिन,
फ़ासला नाप-नाप लोगों से।

इस बुरे वक़्त से मिले घुँघरू,
और तबले की थाप लोगों से।

हाय! परिवार धर्म कैसा है,
रोज़ होता है पाप लोगों से।

आजकल हर ज़बान की आदत।
हो गयी गिरगिटान की आदत।

बेटियों के विवाह में बिकना,
निर्धनों के मकान की आदत।

सच, बड़े ज़ोर से गिराती है,
बेपरों के उड़ान की आदत।

ज़िन्दगी को बयान करती है,
हर क़दम खींचतान की आदत।

आदमी देवता न हो लेकिन,
सीख ले बस किसान की आदत।

धूप के सामने विवश करना,
राह के सायबान की आदत।

कोई पूछे ये आदमख़ोर सत्ता के दलालों से।
ग़रीबी मुद्आ क्यों देश में है साठ सालों से।

चिराग़ों के तले इक दायरा महफ़ूज़ है अब भी,
अँधेरे जीत जाते हैं जहाँ आकर उजालों से।

लहू की शक्ल मे तब्दील हो जायें न ये आँसू,
कि इतनी दिल्लगी अच्छी नहीं है दिल के छालों से।

वो जिनको तैर कर ही पार करना है यहाँ दरिया,
उन्हें क्या वास्ता है हाथ में पतवार वालों से।

न जाने कब उठाये थे हमारी ज़ीस्त ने हम पर,
हम अब तक जूझते ही रह गये हैं जिन सवालों से।

क्या कहें माहौल को, क्या आदमी को।
धो रहे हैं आज हम गंगा नदी को।

आप कुछ कहिए यहाँ पर सब सही है,
बस ग़लत है तो सही कहना सही को।

ख़ुद समन्दर पाँव पर आकर गिरेगा,
आप गर रखिए छुपाकर तिश्नगी को।

सिर्फ़ ख़ामोशी महाभारत से अब तक,
जन्म देती आ रही है द्रौपदी को।

कौन आख़िर इन अँधेरों से लड़ेगा,
सब जुटे हैं ढूँढ़ने में रौशनी को।

हमारी सदी में

दूर जब कठिनाइयों का भय हुआ।
तब कहीं जाकर कोई निर्णय हुआ।

साथ में अवरोध भी बहते गये,
रास्ता जब से नदी का तय हुआ।

मर गयी लाचार बच्चों की ललक,
निर्धनों का घर अनाथालय हुआ।

आँख में मंज़िल हृदय में हौसला,
बीच में दीवार-सा संशय हुआ।

स्वप्न केवल स्वप्न हैं जाना तभी,
जब हमारा सत्य से परिचय हुआ।

अंजान रास्ते पे हूँ, मंज़िल से बेख़बर।
ले जा रही है मुझको मेरी ज़िन्दगी किधर।

जीवन की तेज़ धूप में मुझको पता चला,
साये की आदमी को ज़रूरत है किस क़दर।

दुनिया की भीड़ में भी अकेला हूँ इसलिए,
अपना कोई भी आँख को आता नहीं नज़र।

कटती ही जा रही है मेरी ज़िन्दगी की रात,
इस ऐतबार पर कि कभी आयेगी सहर।

'दरवेश' मक़्तलों की रिवायत को क्या कहें,
अब तो दयारे-पाक में लगने लगा है डर।

हमारी सदी में

ज़िन्दगी के इस बड़े पण्डाल में।
अनगिनत अनुभव सजे हैं थाल में।

जब मिली है वास्तविकता की ज़मीं,
कल्पनाएँ जा धँसी पाताल में।

क्या समय है, अब उमस की वेदना,
सह रहे हैं लोग नैनीताल में

छटपटाहट दोगुनी है, देखकर,
ख़ुद को उलझा ख़ुद के बीने जाल में।

थाप निष्ठुर वक़्त की जैसी मिली,
नाचना वैसे पड़ा हर हाल में।

फूल खिलकर बाग़ में मुरझा गये,
रूपये गुँथने लगे जयमाल में।

कल्पना में पल रहा है आदमी।
ख़ुद ही ख़ुद को छल रहा है आदमी।

आदमी क्या है यहीं से देखिए,
आदमी को खल रहा है आदमी।

ख़ुद लगायी ख़्वाहिशों की आग भी,
और ख़ुद ही जल रहा है आदमी।

मौत से भयभीत रहकर उम्र भर,
झूठ का क़ायल रहा है आदमी।

आदमीयत को गँवाकर आज तक,
हाथ अपने मल रहा है आदमी।

हमारी सदी में

देखकर मौसम पुराना आज भी बाहर, पुनः।
ज़िन्दगी ने ओढ़ ली है सब्र की चादर, पुनः।

अवसरों पर चूकना भी हार का पर्याय है,
लौटकर आता है मुश्किल से वही अवसर, पुनः।

क्या मिलेगा क्या पता इस बार की ख़ैरात में,
आज गूँजा है सियासी द्वार पर सोहर, पुनः।

बस यही मर्दानगी है इस तरह रक्खो इसे,
ये अहिल्या हो न पाये अब कभी पत्थर, पुनः।

फ़ीस, कपड़ा, दूध, राशन, ख़र्च पूरे माह का,
याद आया है सवेरे इसलिए दफ़्तर, पुनः।

महँगा लिबास, कार पे माला गुलाब की।
सेवक दिखा रहा है नज़ाकत नवाब की।

भारत के नौनिहाल की तस्वीर देखिए,
काँधे पे हुस्न, हाथ में बोतल शराब की।

इस कोट पर दिखा कभी उस कोट पर दिखा,
क्या ख़ूबियाँ बयान करूँ उस गुलाब की।

वो इक किरन भी देने के क़ाबिल नहीं हैं जो,
दुनिया दिखा रहे थे हमें आफ़ताब की।

बातें बता रही हैं मुहब्बत ही धर्म है,
तेरी किताब की हों या मेरी किताब की।

हमारी सदी में

और अब इससे ज़ियादा क्या हवाला चाहिए।
एक गरदन को यहाँ दस टन की माला चाहिए।

ये अँधेरे एक लम्हे में ़फना हो जायेंगे,
बस किसी खिड़की से थोड़ा-सा उजाला चाहिए।

इस व्यवस्था-सिन्धु का मन्थन कहाँ हो पायेगा,
जब यहाँ सबको ़फ़क़त अमृत का प्याला चाहिए।

नारियों तुमको विजय की है अगर दरकार तो,
दिल में दुर्गा ़ज़ेह्न में यूसुफ मलाला चाहिए।

बोलिए, कुछ बोलिए, कुछ उल्टा-सीधा बोलिए,
आजकल अख़बार वालों को मसाला चाहिए।

धर्म का मतलब समझने के लिए आली जनाब,
सोच में संवेदना की पाठशाला चाहिए।

वो कहता है ज़ियादा है नदी में धार की ताक़त।
उसे शायद नहीं मालूम है पतवार की ताक़त।

मेरे काँधे पे सर रखकर जो दुश्मन फूटकर रोया,
तो पहली बार देखी ज़िन्दगी में प्यार की ताक़त।

हज़ारों टन उगाकर भी मिली है सिर्फ़ दो रोटी,
किसानों पर बहुत भारी पड़ी बाज़ार की ताक़त।

कभी जो एक पन्ना तोप का मुँह तोड़ देता था,
कहाँ गुम हो गयी है आज उस अख़बार की ताक़त।

बचा ले जान मुफ़्लिस की ज़िले के अस्पतालों में,
न इस सरकार की ताक़त, न उस सरकार की ताक़त।

जिसे सुनकर करोड़ों पाँव पीछे चल दिए उसके,
थी उस आवाज़ में उस शख़्स के किरदार की ताक़त।

   हमारी सदी में

उन्हें ख़ुद आ के अपनी रौशनी दिनमान देता है।
हमें उतनी ही मिलती है जो रौशनदान देता है।

मज़ूरी सौ दिनों की भेंट चढ़ती है व्यवस्था की,
ग़रीबी की सनद तब गाँव का परधान देता है।

भला क्यूँ मापते हैं आप इन कल-कारख़ानों से,
हक़ीक़त में तरक़्क़ी मुल्क को खलिहान देता है।

बता अय वक़्त मेरी दुर्दशा का कौन है दोषी,
ये सुनते ही वो मेरी ओर उँगली तान देता है।

इजाज़त आदमी को आदमी से बैर रखने की,
न चारों वेद देते हैं न तो क़ुरआन देता है।

हमारी चिर-समस्याओं का हल कोई नहीं देता,
ये हमको आश्वासन, वो हमें अनुदान देता है।

यही इक बात कहकर लोग चादर ओढ़ लेते हैं,
जिसे कोई नहीं देता उसे भगवान देता है।

कितना तीखा है आघात कहें कैसे।
अपने उर-अन्तर की बात कहें कैसे।

करवट, उलझन, आँसू और वही यादें,
कैसे बीती कल की रात कहें कैसे।

पीड़ा की ज्वाला से जलते जीवन में,
कब तक आयेगी बरसात कहें कैसे।

प्रेम, एकता, अपनापन सब बिखर गया,
आया है जो झंझावात कहें कैसे।

क़िस्मत की बाज़ी है अपने हिस्से में
जीत मिलेगी या फिर मात कहें कैसे।

हमारी सदी में

शिकारी देखिए इस दौर का कितना सयाना है।
हमारा तीर भी है और हम पर ही निशाना है।

इधर आधे नगर को पेट भर रोटी नहीं मिलती,
उधर सरकार कहती है ग़रीबी चार आना है।

बनाये देश की अब इक नयी मूरत, किसे फुर्सत,
इन्हें मस्जिद बनानी है, उन्हें मन्दिर बनाना है।

अँधेरे में तुम्हें ही फ़िक्र रखनी है उजाले की,
उन्हें तो 'लाल पानी' की नदी में डूब जाना है।

अभी करिए न हमसे मुल्क के हालात की बातें,
बहुत मसरूफ़ हैं हम सब, हमें खाना-कमाना है।

हमारे भाव तीखे हैं, हमारे शब्द कड़वे हैं,
मगर हर बात को कहने का लहजा शायराना है।

मुफ्‌लिसी में हम उन्हीं खेतों की मिट्टी खा गये।
आप जिनकी मेड़ पकड़े राजधानी आ गये।

योजनाएँ फाइलों के पार ला पाये नहीं,
बस बड़े बैनर हमारे गाँव तक लटका गये।

इस बड़ी तालीम ने भी क्या दिया है आपको,
नीली बत्ती और सत्ता की दलाली पा गये।

बस वही जुम्ले, वही वादे, वही छींटाकशी,
आप भी आये तो इक क़िस्सा वही दुहरा गये।

फिर कोई पावन चरण अब चाहिए इस शहर को,
लोग जो भी शहर में रहते थे, सब पथरा गये।

बराबर आँख भीगी है, हमारी भी तुम्हारी भी।
व्यथा कुछ एक ही-सी है, हमारी भी तुम्हारी भी।

भले ही सात जन्मों से ये चिर-संवाद जारी है,
मगर कुछ बात बाक़ी है, हमारी भी तुम्हारी भी।

जो हम रूठे तो तुम माने, जो तुम रूठे तो हम माने,
यही इक बात अच्छी है, हमारी भी तुम्हारी भी।

लगाकर दाँव पर सबकुछ बचाना है इसे हमको,
मुहब्बत एक थाती है, हमारी भी तुम्हारी भी।

हृदय को, होंठ को, मन को दबा लें लाख हम लेकिन,
नज़र सब बोल देती है, हमारी भी तुम्हारी भी।

ये सारे तीर जो प्यासे हमारी जान के हैं।
हमारे हाथों से सौंपी गई कमान के हैं।

वही फ़रेब की आदत वही घिनौनी सोच,
सियासी लोग सभी एक ख़ानदान के हैं।

अभी तो पूरी तरह एड़ियाँ उठीं ही नहीं
अभी से कहने लगे हम तो आसमान के हैं।

ज़रा-सी बात पे बढ़ने लगी है बात यहाँ,
यहाँ के लोग अभी कच्चे कितने कान के हैं।

वहाँ पे नारे भला बाँटते ही क्यूँ हैं आप,
जहाँ के लोगों को लाले पड़े ज़बान के हैं।

हमारी सदी में

रखी है बाँध के उसने उड़ान मुट्ठी में।
उसे तो मिलना ही है आसमान मुट्ठी में।

मेरे बग़ैर वो इक पल भी जी नहीं सकता,
जो कब का कर चुका है मेरी जान मुट्ठी में।

उसी के हाथ में रहते हैं फ़ैसले सारे,
जो करके रखता है आलाकमान मुट्ठी में।

हमारा हक़ भी हमें मिलने की उमीद नहीं,
दबा के रक्खी है उसने ज़बान मुट्ठी में।

ये मशविरा है मेरा उँगलियों में मत ढूँढ़ो,
दिखायी देता है हिन्दोस्तान मुट्ठी में।

मुहब्बत की, शराफ़त की, ख़ुशी की बात करता है।
ये पगला राम जाने किस सदी की बात करता है।

भरम होता है जैसे रात में सूरज निकल आया,
महल वाला कोई जब झोपड़ी की बात करता है।

अगर लड़ती नहीं, बढ़ती नहीं तो और क्या करती,
समन्दर कब किसी ख़ुदहरी नदी की बात करता है।

उसे भगवान ही शायद निकालेगा अँधेरे से,
हमेशा जो परायी रौशनी की बात करता है।

वो ख़ुद ही एक दिन मे लील जाता है कई नदियाँ,
तू जिससे आस रखकर तिशनगी की बात करता है।

हमारी सदी में

हमारे दर्द का अहसास है क्या।
यही दिल आपके भी पास है क्या।

न कर दे जो समन्दर को मरुस्थल,
भला वो प्यास कोई प्यास है क्या।

उजाले की दुहाई देनेवालो!
हवाओं पर बहुत विश्वास है क्या।

तुम्हें पावन करे गंगा, तो कैसे,
तुम्हारी सोच में रैदास है क्या।

सभी सच से किनारा कर रहे हैं,
अमाँ सच भी यहाँ सल्फ़ास है क्या।

वो जीने की हिमाकत कर रहा है,
उसे जीने का कुछ अभ्यास है क्या।

बढ़ाने लग गयी रफ़्तार अपनी,
कोई प्यासा नदी के पास है क्या।

ये हमारी प्यास का विस्तार है।
होंठ छूने को विकल जलधार है।

पार कर लेगा वो रिश्तों की नदी,
पास जिसके प्यार की पतवार है।

आपके आगे दलीलें क्या रखूँ,
आपका हर फ़ैसला स्वीकार है।

उसको ख़ुश रखना ही है हर हाल में,
नाम इस अहसास का ही प्यार है।

तेज़, मद्धम, उल्टी-सीधी, गोल-गोल,
ज़िन्दगी क्या है, नदी की धार है।

बब्लू, गुड़िया, उनकी मम्मी और मैं,
बस यही इतना मेरा संसार है।

तुम्हारी याद क्या कहने लगी है।
नयन में इक नदी बहने लगी है।

कमी विश्वास की बुनियाद में थी,
इमारत प्यार की ढहने लगी है।

ज़रा इस पीर की हिम्मत तो देखो,
मेरी मुस्कान में रहने लगी है।

मिलन की कल्पना ही तो है उसमें
नदी जो अनवरत बहने लगी है।

मैं पढ़कर ढाई आखर चुप हूँ लेकिन,
ये दुनिया क्या नहीं कहने लगी है।

झील में गुम कँवल हो न जाये कहीं।
आँख उसकी सजल हो न जाये कहीं।

पाँव मत डालिये, दूर से धोइए,
दूध नदिया का जल हो न जाये कहीं।

चाँदनी आपको देखकर डर गयी,
आपकी वो नक़्ल हो न जाये कहीं।

अपनी बेचैनियाँ पी गया इसलिए,
उसका दिल भी विकल हो न जाये कहीं।

प्यास पावन नहीं लग रही आपकी,
प्रेम का मधु गरल हो न जाये कहीं।

हमारी सदी में

मेरा दर्द आँखों का जल होते-होते।
बचा आज अमृत गरल होते-होते।

ज़ियादा यहाँ कुछ भी अच्छा नहीं है,
कठिन हो गये हम सरल होते-होते

हुआ सात जन्मों का है वारा-न्यारा,
पहेली मुहब्बत की हल होते-होते।

तेरा ज़िक्र आने ही वाला था इसमें,
कथा बच गयी है ग़ज़ल होते-होते।

अचानक छलक आये आँखों में आँसू,
विफल हो गया दिल सफल होते-होते।

सृष्टि में प्यार बस आपके पास है।
यानी श्रृंगार बस आपके पास है।

पीर ऐसी न जाने कहाँ से मिली,
जिसका उपचार बस आपके पास है।

इक नदी हिल गयी सिन्धु ने जब कहा,
मेरा आधार बस आपके पास है।

पास आये तो फिर रह गये हम न हम,
ये चमत्कार बस आपके पास है।

प्यास का वो नगर जायेगा भी कहाँ,
जिसमें जलधार बस आपके पास है।

३५

कठिन कितना एक-एक क्षण हो गया है।
हमारे हृदय का हरण हो गया है।

नज़र जादुई उसने डाली थी तन पर,
वशीभूत अन्त:करण हो गया है।

हवा उसके आने का सन्देश लायी,
महकदार वातावरण हो गया है।

कहीं प्यास उसकी उसे ले न डूबे,
समन्दर नदी की शरण हो गया है।

तेरे दुख में यूँ अर्थ बदले हैं सारे,
कि जीवन का मतलब मरण हो गया है।

हमने दिल में सहेजा है उस पीर को।
सोख लेती है जो नैन के नीर को।

छिद्र मेरे हृदय में हुआ तो हुआ,
रास्ता मिल गया आपके तीर को।

प्रेम का एक युग से यही हश्र है,
किसलिए दोष दें अपनी तक़दीर को।

दर्द का जब सबब मिल न पाया कोई,
रो पड़े देखकर तेरी तस्वीर को।

उसकी सुनते रहे, अपनी कहते रहे,
यूँ मिटाते रहे पीर से पीर को।

अब तो उनका भी व्याकुल हृदय हो गया।
लग रहा है मिलन अपना तय हो गया।

इस तरफ़ उसने मुख से हटायीं लटें,
उस तरफ़ चन्द्रमा का उदय हो गया।

किससे मिलते हो तुम, किससे मिलते हैं हम
बस यही अब नगर का विषय हो गया।

कुछ बचा ही नहीं ज़िन्दगी में मेरी,
दुख तुम्हारा कि जैसे प्रलय हो गया।

पीर अब उस नदी की दिखेगी किसे,
इक समन्दर में जिसका विलय हो गया।

मिलन की राह में पाते हैं ख़ुद को बेसहारा हम।
नदी का इक किनारा तुम, नदी का इक किनारा हम।

नयन की कोर से आँसू फिसलकर फैल जाते हैं,
कभी जब देख लेते हैं पुराना ख़त तुम्हारा हम।

हमारे दरमियाँ है बस यही रिश्ता-ए-तन्हाई,
हमारा इक सहारा तुम, तुम्हारा इक सहारा हम।

अगर इस हाल में साँसें हमारी टूट भी जायें,
जनम लेंगे, करेंगे इन्तज़ार उसका दुबारा हम।

नहीं है अपने हिस्से में अगर कोई ख़ुशी तो क्या,
चलो ग़म बाँट लेते हैं हमारा तुम, तुम्हारा हम।

हमारी सदी में

हमारी वेदना कुछ यूँ नयन से फूट पड़ती है।
चमककर दामिनी जैसे गगन से फूट पड़ती है।

लिपटकर देखता है जब मुझे वो अपनी खिड़की से,
मिलन की इक ललक उसके बदन से फूट पड़ती है।

सुनहरे रूप पर उभरी है इक मुस्कान कुछ ऐसे,
किरन जैसे किसी हीरे के कन से फूट पड़ती है।

मैं जब उँगली से उसका नाम लिख देता हूँ बादल पर,
अचानक एक ख़ुश्बू-सी पवन से फूट पड़ती है।

मुहब्बत वो चमक है जो इधर दिखती है ग़ज़लों में,
उधर मन्दिर में मीरा के भजन से फूट पड़ती है।

है मेरे सामने मंज़िल, है थोड़ी दूर घर मेरा।
बहुत मुश्किल हुआ जाता है जाने क्यों सफ़र मेरा।

न ढूँढ़ो शेरियत इसमें, न ही देखो हुनर मेरा,
ये इक ख़त है फ़क़त जम्हूरियत के नाम पर मेरा।

अलावा ख़्वाब के कुछ भी नहीं देता इन आँखों को,
वो जिसकी राह तकता पाँच सालों तक नगर मेरा।

क़रीब आने से पहले ही समन्दर सूख जाता है,
कुछ ऐसे प्यास पर विश्वास रखता है अधर मेरा।

कभी करवट बदलना तो कभी चेहरा भिगो लेना,
मुसल्सल हाल ये ही है, उधर तेरा इधर मेरा।

अदम की ज़ात हूँ, ऐसे न नज़रें फेरिए मुझसे,
कि धीरे-धीरे आता है निगाहों में असर मेरा।

हमारी सदी में

ग़ुलाम तुमको यक़ीनन् यही बनायेगी।
तुम्हारी प्यास समन्दर के काम आयेगी।

बड़े दिनों पे हुई आज आँखों से बारिश,
चलो ये सीने की कुछ तो जलन मिटायेगी।

वो जिस मशाल से जलने लगा है हाथ तेरा,
वही मशाल तुझे रौशनी में लायेगी।

बहुत यक़ीन तुम्हें नाख़ुदा पे है शायद,
तुम्हारी कश्ती किसी रोज़ डूब जायेगी।

ये ज़िन्दगी नहीं है फ़िल्म की कहानी है,
कभी हँसायेगी तुमको कभी रुलायेगी।

इससे अच्छा कि झुकान ली जाये।
आपकी बात मान ली जाये।

कुछ बचा ही नहीं अब इनके पास,
इन ग़रीबों की जान ली जाये।

तल्ख़ हो सकती है किसी के लिए,
मेरी ये बात छान ली जाये।

मस्अला बाद मे करेंगे हल,
मस्लेहत पहले जान ली जाये।

वो तो सच बोलने का आदी है,
उसके मुँह से ज़बान ली जाये।

चाभी भरने पे भी चलती नहीं मेरी गुड़िया।
पहले जैसी अब उछलती नहीं मेरी गुड़िया।

टूट जाने का डर अब इतना हुआ है उसको,
आलमारी से निकलती नहीं मेरी गुड़िया।

आग मैंने ये अगर ख़ुद न लगायी होती,
तो कभी आग में जलती नहीं मेरी गुड़िया।

मोम का ज़र्फ़ लिये आयी थी अपने अन्दर,
वरना हर साँचे में ढलती नहीं मेरी गुड़िया।

मुझको बेवज्ह सज़ा मत दो ज़मानेवालो!
मेरा दिल है मेरी ग़लती नहीं मेरी गुड़िया।

झण्डे का रँग नीला-पीला-धानी है।
सबकी अपनी अलग-अलग जजमानी है।

किसको देखें, किसकी-किसकी बात सुनें,
जिसको देखो सबकी वही कहानी है।

शोषण, दमन, व्यवस्था और ग़रीबी से,
होनेवाली हर इक जंग ज़बानी है।

सभी पोथियाँ डाली उसने गंगा में,
उसके कानों में कबिरा की बानी है।

भूख दिखेगी कैसे उनकी आँखों को,
जिनकी आँखों में चेहरा नूरानी है।

हमारी सदी में

४६

कुछ भी हो जाये, नहीं राह बदलनेवाले।
कितने मासूम हैं ये धूप में जलनेवाले।

बन के तेज़ाब जला देते हैं बिस्तर मेरा,
अश्क आँखों से तेरी याद में ढलनेवाले।

इक समन्दर है जिधर सबको डुबोने के लिए,
सारे दरिया हैं उसी राह पे चलनेवाले।

अपनी आँखें ही नहीं ज़ेह्न भी खोले रखिए,
बर्फ़ खाते है यहाँ आग उगलनेवाले।

ये भी सच है कि मुक़द्दर में भी कुछ होता है,
क्यूँकि गिर जाया भी करते हैं सँभलनेवाले।

अभावों की ज़मीं है मुफ़्लिसी का शामियाना है।
यही अपनी रियासत है, यही अपना ठिकाना है।

इधर तूफ़ान की बातें, उधर मझधार की बातें,
यहाँ कोई नहीं कहता हमें उस पार जाना है।

मैं सच कहता हूँ तब तक बच नहीं सकता वजूद उसका,
नदी का काम जब तक इस समन्दर को बचाना है।

मरुस्थल में खड़े हैं ज़िन्दगी की आरज़ू लेकर,
हमें हर हाल में इस रेत को पानी बताना है।

फ़रेबो-झूठ, मक्कारी, घोटाला, घूस, ग़द्दारी,
यही सब तो सियासत की दुकाँ का बारदाना है।

समझदारी की मण्डी में सियासत है खरा सौदा,
हज़ारों में लगाना है करोड़ों में कमाना है।

लो आ पहुँचा है अपना प्यार अब अंजाम पर अपने,
तुम्हें भी छटपटाना है, हमें भी छटपटाना है।

हमारी सदी में

आपने किसको कहा अच्छा सियासतदान में।
कौन कोरा रह गया है कोयले की खान में।

मुद्आ ही रह गये अब तक वो हिन्दुस्तान में।
जो खपा करते हैं दिन भर खेत में खलिहान में।

लग्जरी गाड़ी पे लक्का-लक्क खादी झाड़कर,
आ गये हैं लोक-सेवक अब नये उपमान में।

गाँव में चलिए सदन की पण्डिताई छोड़िए,
तब समझ पायेंगे अन्तर जुगनू और दिनमान में।

कितना गहरा है तुम्हारी ख़ुशकलामी का असर,
दूब दिखने लग गयी है आजकल चट्टान में।

देखना है कौन लाता है यहाँ पर इंक़लाब,
तुम भी हो मैदान में और हम भी हैं मैदान में।

मुद्दतों से बेख़बर है, बाख़बर होता नहीं।
क्या करें कोई तरीक़ा कारगर होता नहीं।

उसकी मंज़िल से मेरी मंज़िल बहुत आसान थी,
ख़ुद बनाये रास्ते पर मैं अगर होता नहीं।

ताकते हैं हम अँधेरे में मुसल्सल उसकी ओर,
और सूरज है कि उसका मुँह इधर होता नहीं।

रोकता है पेट ख़ाली, रोकती है ख़ाली जेब,
प्यार करना चाहता तो हूँ मगर होता नहीं।

सिर्फ़ आ जाता अगर आँखों को रोने का हुनर,
बात करने का मेरा लहजा शरर होता नहीं।

फल कोई जब भी किसी पेड़ पे पक जाता है।
देखनेवालों की नज़रों में खटक जाता है।

जाने किस नस्ल के होते हैं सियासी घोड़े,
जिस पे भी हाथ धरो वो ही बिदक जाता है।

देखता हूँ मैं हर इक रोज ही चेह्रा अपना,
आइना भी तो हर इक रोज़ दरक जाता है।

आसमाँ छूने की चाहत में है मुश्किल ये भी,
आदमी पाँव उठाते ही सनक जाता है।

नाम पर शायरी के कुछ नहीं करता 'दरवेश',
मन में जो अच्छा-बुरा आता है, बक जाता है

किनारों को बहुत पहचानता है।
किधर जाना है दरिया जानता है।

किया करता है उसको याद हरदम,
हमारी बात दिल कब मानता है।

मैं जिस रिश्ते को भी तस्लीम कर लूँ,
वही रिश्ता तमंचा तानता है।

उसे मालूम है रोटी की क़ीमत,
वो आटा आँसुओं से सानता है।

पढ़ा-लिक्खा ज़ियादा है वो शायद,
तभी चलनी से पानी छानता है।

मुफ़्लिसी, भय, भूख, भ्रष्टाचार सबका इक जवाब।
इं.क़लाबो-इं.क़लाब, इं.क़लाबो-इं.क़लाब।

सोचता हूँ कोई उसका हाथ पकड़े, रोक दे,
आज को छूकर न कर दे वो हमारा कल ख़राब।

जिसके काँटों ने यहाँ लोगों को घायल कर दिया,
हाँ वही तो है हमारे बाग़ का ताज़ा गुलाब।

अपने वश में रह नहीं पाता है वो भी क्या करे,
कुछ ज़रा-सी तेज़ होती ही है सत्ता की शराब।

मुँह खुला रह जायेगा, आँखें फटी रह जायेंगी,
जिस किसी दिन भी हटेगी उसके चेहरे से नक़ाब।

पूरा जीवन समर्पित हुआ।
तब कहीं प्रेम अर्जित हुआ।

पीर ऐसी मिली है मुझे,
जिसमें रोना भी वर्जित हुआ।

उसके माथे पे बिंदिया सजी,
चन्द्रमा अब सुशोभित हुआ।

नैन में इक नदी बह उठी,
जाने क्या-क्या विसर्जित हुआ

वो मेरे प्रेम ही का तो है,
एक क़िस्सा जो चर्चित हुआ।

सिर्फ़ उसके न कुछ रहा मन में।
कोई कुछ इस तरह बसा मन में

अनकहा-सा सुकून देती है,
घूमती है जो कल्पना मन में।

वो मेरे पास आ के लौट गया,
रह गयी मेरी याचना मन में।

यत्न करने पे भी निकलता नहीं,
ये जो कुछ है बचा-खुचा मन में।

जैसे ही उससे हम निराश हुए,
आ गयी एक मन्थरा मन में।

मुफ़्लिसी जिसमें ख़्वाब बोती है।
एक बंजर ज़मीन होती है।

ये मेरे दौर की नयी दुनिया,
बहती गंगा में हाथ धोती है।

जाने क्या छीना है अँधेरों ने,
रौशनी फूट-फूट रोती है।

शाम का दिल से एहतराम करो,
जलते सूरज को ये डुबोती है।

याद रहती है एक बात वही,
जो मेरी आँखों को भिगोती है।

हमारी सदी में

ये अगर तेरे बिन नहीं होती।
ज़िन्दगी यूँ कठिन नहीं होती।

एक पल भी जो भूल पाते उसे,
ये दशा रात-दिन नहीं होती।

प्रेम ऐसा उधार है जिससे,
पूरी दुनिया उरिन नहीं होती।

उसको स्वीकार था बिछुड़ना अगर,
उसकी सूरत मलिन नहीं होती।

जो उछलकर दिखायी देती रहे,
आस्था 'डॉल्फिन' नहीं होती।

तेरे हिसाब से कम रौशनी भले ही नहीं।
कई चिराग़ मगर आज तक जले ही नहीं।

तमाम राह के हासिल मक़ाम क्या देखें,
जिधर ज़रूरी था जाना उधर चले ही नहीं।

जहाँ भी जैसी ज़रूरत थी हो गये वैसे,
हम एक साँचे में आकर कभी ढले ही नहीं।

तुम्हारी यादों के लम्हे क़रीब आ बैठे,
मैं उनको टाल रहा था मगर टले ही नहीं।

सियासी लोगों पे हरगिज़ यक़ीन मत करना,
ये बददिमाग़ भी हैं सिर्फ़ दोग़ले ही नहीं।

स्वर्ग की सुखमयी छटा में हैं।
राम जी पुष्प-वाटिका में हैं।

जिसको सुनते ही आँख भर आये,
हम उसी प्रेम की कथा में हैं।

आपको कुछ पता भी है इसका,
आप कितनों की कल्पना में हैं।

अन्त इसका दिखायी देता नहीं,
दुख मेरे लम्बी शृंखला में हैं।

कल को तरसेंगे वो ज़मीं के लिए,
पाँव जिनके अभी हवा में हैं।

वेदना के बिना अधूरी है।
प्रेम की हर कथा अधूरी है।

ढूँढ़ता हूँ मैं दुनिया भर में उसे,
दुनिया जिसके बिना अधूरी है।

तेरा श्रृंगार देखकर ये लगा,
चन्द्रमा की कला अधूरी है।

इक अलग रूप गढ़ने की ज़िद में,
आज तक कल्पना अधूरी है।

चाहकर भी बरस नहीं सकती,
एक काली घटा अधूरी है।

ये बावला समर्पण, ये प्यार किसलिए है।
उस सिन्धु का नदी पर अधिकार किसलिए है।

अधरों की लालिमा पर इक बिन्दु काला-काला,
श्रृंगार पर भला ये श्रृंगार किसलिए है।

मेरी क़ज़ा को तेरी तिरछी नज़र है काफ़ी,
ये तीर किसलिए है, तलवार किसलिए है।

अब डगमगा रहा है संयम मेरे हृदय का,
जब प्यार ही नहीं तो संसार किसलिए है।

गन्तव्य पर पहुँचकर ये सोचने लगा हूँ,
मधुमास की डगर में पतझार किसलिए है।

वेदना आसमाँ भर मिला ली गयी।
तब कहीं नेह की मूर्ति ढाली गयी।

एक पल को तुम्हारे अधर क्या खुले,
सैकड़ों लाल फूलों की लाली गयी।

भावनाओं का अनुबन्ध ऐसा हुआ,
ज़िन्दगी नाम अपने लिखा ली गयी।

फिर उसी बात पर हो गये एकमत,
बात जो थी शरारत में टाली गयी।

प्यास की ओर थे जिस नदी के नयन,
सिन्धु की ओर काहे उछाली गयी।

बह गये सब सपन नैन की कोर से।
थोड़े इस ओर से थोड़े उस ओर से।

उसको देखे बिना चैन आता नहीं,
हाय नैना मिले कैसे चितचोर से।

मेरे मन का वही तेरी यादों से है,
बादलों का जो सम्बन्ध है मोर से।

रोज़ खुलते गये एक-दूजे से हम,
और बँधते गये नेह की डोर से।

ये नदी पार करनी पड़ेगी तुम्हें,
कोई आवाज़ देता है उस छोर से।

वही बेचैनी वही आँखों में जल आज भी है।
शक्ति की पूजा में कम एक कमल आज भी है।

भूखे बच्चों ने जिसे तोड़ दिया सर रखकर,
ग़ौर से देखो उसी काँधे पे हल आज भी है।

सौ दफ़ा घूम के मरती हैं सदाएँ जिसमें,
राजधानी में वो आवाज़-महल आज भी है।

या ख़ुदा कैसे बचे हैं ये अभी तक ज़िन्दा,
कण्ठ में जिनके ग़रीबी का गरल आज भी है।

एक नासमझी ने कर रक्खा है उसको मुश्किल,
वरना उस बात का आसान-सा हल आज भी है।

हमारी सदी में

किस क़दर डर रहा है शोर यहाँ।
ख़ुदकुशी कर रहा है शोर यहाँ।

बहरे कानों से जंग करते हुए,
हर घड़ी मर रहा है शोर यहाँ।

इस तरफ़ से तो उस तरफ़ से कभी,
चौकड़ी भर रहा है शोर यहाँ।

एक स्क्रीन के हवाले से,
क्या नहीं कर रहा है शोर यहाँ।

कैसा माहौल है कि पाँव अपना,
सोच के धर रहा है शोर यहाँ।

क्या ग़ज़ब ढा रहे हैं भूखे लोग।
अब भजन गा रहे हैं भूखे लोग।

चाँद है आज उनके हाथों में,
ख़ुद को बहला रहे हैं भूखे लोग।

आप तो आसमाँ पे हैं कहिए,
क्या नज़र आ रहे हैं भूखे लोग।

दूरदर्शन से ख़ुशनुमा भाषण,
और क्या पा रहे हैं भूखे लोग।

काम आया है आपका रोना,
आपको गा रहे हैं भूखे लोग।

कितनी ज़िल्लत भरी थी रोटी में,
खा के मर जा रहे हैं भूखे लोग।

हमारी सदी में

वो फ़क़त पानी नहीं है, प्यास की शैदाई है।
जो नदी 'दुष्यन्त' से चलकर 'अदम' तक आई है।

इस क़दर है चप्पे-चप्पे पर अँधेरों का हुजूम,
रौशनी आयी तो है लेकिन बहुत घबराई है।

ये कहाँ ले आया है मुझको मेरा अज़्मे-सफ़र,
सर के ऊपर धूप है, पाँवों के नीचे काई है।

झील-सी आँखों को देखें या बुझी आँखों के अश्क,
इक कसैलापन मुक़ाबिल लज़्ज़ते-रानाई है।

लिये बैठे हैं अपने दिल में हम अरमान की गंगा।
बहेगी एक दिन मेरे भी घर कल्यान की गंगा।

कहीं बदबू सियासत की, कहीं पर झूठ का कचरा,
प्रदूषित है तुम्हारे मुख से निकली ज्ञान की गंगा।

धरम के नाम पर नहलायेगा, नापाक कर देगा,
उधर जाना नहीं, उस ओर है शैतान की गंगा।

ग़रीबी का समन्दर मुद्दतों से राह तकता है,
कहाँ ख़ुहरी हुई है आपके अनुदान की गंगा।

पकड़कर दो नदी का हाथ जो इक साथ बहती है,
वही तो है हमारे देश हिन्दुस्तान की गंगा।

चन्द लम्हों में समन्दर सर उठाना छोड़ दे।
सिर्फ़ ये दरिया अगर ढर्रा पुराना छोड़ दे।

हो चुकी हैं सौ तरह की ढपलियाँ, सौ राग भी,
अब तो ऐ अहले वतन! क़ौमी तराना छोड़ दे।

गाँव के कच्चे मकाँ तुझको क़सम इस देश की,
चाँद पर पहुँचे हुए को मुँह चिढ़ाना छोड़ दे।

देखिए अब एक मुर्दें की दिली ख़्वाहिश है ये,
आसमाँ का गिद्ध अपना आबो-दाना छोड़ दे।

आज अम्मा और बाबू सिर्फ़ रिश्तेदार हैं,
तू भी इस औलाद को बेटा बताना छोड़ दे।

हमारा अक्स दुनिया को नज़र आने नहीं देता।
समन्दर है नदी को पाँव फैलाने नहीं देता।

बताकर देवता चिथड़ों में लिपटे उन किसानों को,
बचा लेता है उनकी लाज, शर्माने नहीं देता।

सिपाही है सड़क पर जंग करता है व्यवस्था से,
वो सर पर हाथ रखकर देश को ताने नहीं देता।

तुम्हारी बी. पी. एल. की सूचिओं में कौन है आख़िर,
ग़रीबों का भी हिस्सा जो उन्हें खाने नहीं देता।

किताबों में लिखा है प्रेम का ही नाम ईश्वर है,
मगर माहौल ये हमको समझ पाने नहीं देता।

हमारी सदी में

शामे-ग़म है तो कभी हँसती सहर है ज़िन्दगी।
मुख़्तलिफ़ अन्दाज़ में आती नज़र है ज़िन्दगी।

बेसबब दुनिया में हम वादे किसी से क्या करें,
कौन जाने कब कहाँ हों, इक सफ़र है ज़िन्दगी।

आज तक मेरा सुकूने-दिल न इसको पा सका,
ख़्वाहिशों के बीच खोयी किस क़दर है ज़िन्दगी।

यूँ बहुत अंजान राहों से गुज़रती है मगर,
सच तो ये है मौत ही की रहगुज़र है ज़िन्दगी।

ख़ार में दरवेश इक हँसते हुए गुल की तरह,
ग़म में भी हँस-हँस के जीने का हुनर है ज़िन्दगी।

जाने कैसी उथल-पुथल है।
मन रूखा है आँख सजल है।

झूठे सब सम्बन्ध हुए हैं,
जो कुछ है बस अदल-बदल है।

जीवन क्या है क्या बतलायें,
अमृत जैसा एक गरल है।

किसको कौन सम्हाले आख़िर,
सब के पाँव तले दलदल है।

कर देता है मन को पावन,
मेरा आँसू गंगाजल है।

टूट चुकी है आस मिलन की,
पर मन का विश्वास अटल है।

हमारी सदी में

मुस्कराहट हो गयी अज्ञातवासी आजकल।
हर तरफ़ है बस उदासी-ही-उदासी आजकल।

ज़िन्दगी लगने लगी है एक बिस्तरबन्द-सी,
आदमी भी हो गया जैसे खलासी आजकल।

औपचारिकता ही बची है शेष हर सम्बन्ध में,
लोग अपने ही नगर में हैं प्रवासी आजकल।

हर क़दम में है घड़ी की सुई-सी गतिशीलता,
ले रही है छाँव बरगद की उबासी आजकल।

आपकी नव-सभ्यता का बस यही हासिल रहा,
हो गये हम लोग फिर से आदिवासी आजकल।

जब क़दम गन्तव्य से विचलित लगा।
साफ़-सुथरा रास्ता बाधित लगा।

छेनियों ने था तराशा पूर्व में,
एक पत्थर आज जो पूजित लगा।

क्या कहें विश्वास का क्या हाल है,
व्यक्ति अपने आप से शंकित लगा।

बस वही सम्बन्ध क़ायम है यहाँ,
जिस जगह हमको परस्पर हित लगा।

अन्ततः मेरे अधर भी खुल गये,
बोलनेवालों को ये अनुचित लगा।

हमारी सदी में

जीवन में हैं काम बहुत।
मुश्किल है आराम बहुत।

बस रोटी ही काफ़ी है,
लेकिन इसका दाम बहुत।

दुनिया से बचकर रहना,
दुनिया है बदनाम बहुत।

लाचारी में लगते हैं,
क़िस्मत पर इल्ज़ाम बहुत।

सपनों में ही जीने का,
घातक है परिणाम बहुत।

सच्चाई की बात चली,
फैल गया कुहराम बहुत।

दिलवालों को मिलते हैं,
बढ़ने के आयाम बहुत।

शाम–सवेरे सोच रहा है मन मेरा।
जाने कब करवट लेगा जीवन मेरा।

सच बतलाऊँ धूप परायी लगती है,
बदल गया है जिस दिन से आँगन मेरा।

तेरी यादों की चौखट पर अब तो बस,
मैं रहता हूँ और अकेलापन मेरा।

वह कोमल स्पर्श तुम्हारा कैसा था,
सिहर उठा करता है अब भी तन मेरा।

मैं रेतीली राहों का अनुयायी हूँ,
साथ निभायेगा कब तक सावन मेरा।

आँखों के मोती में छुपकर रहता है,
घायल अपनों से ही अपनापन मेरा।

कुछ अपने होने का हर वक़्त ख़ुशगुमान लिये।
फिरे हैं लोग यहाँ सर पे आसमान लिये।

वो जिसके दर्द से ज़िन्दा बचा नहीं कोई,
मैं जी रहा हूँ उसी ज़ख़्म का निशान लिये।

उसे पता है कहाँ बोलना मुनासिब है,
ख़मोश बैठा है जो आदमी ज़बान लिये।

कमान दी थी जिन्होंने बड़े ख़ुलूस के साथ,
ये क्या हुआ कि वही लोग सीना तान लिये।

जो खोदने मे है मश्ग़ूल खाइयाँ हर ओर,
कभी चलेगा हथेली पे अपनी जान लिये।

मेरे जैसे ही जल रहे हैं आप।
या कि यूँ ही उछल रहे हैं आप।

एक झोंकर से डर गये कितना,
हर क़दम पर सँभल रहे हैं आप।

आप तो आप रह गये ही नहीं,
इतने चेहरे बदल रहे हैं आप।

फिर जहाँ थे वहीं पे आयेंगे,
ऐसे रस्ते पे चल रहे हैं आप।

आग ये आपकी लगायी है,
जिसमें अब ख़ुद ही जल रहे हैं आप।

पहले तो हाथ खींच रक्खा था,
और अब हाथ मल रहे हैं आप।

आपके हाथ अब भी ख़ाली हैं,
जबकि काफ़ी सफल रहे हैं आप।

हमारी सदी में

इस गगन रूपी जहाँ में एक ही दिनमान है।
ये हमारा मुल्क जिसका नाम हिन्दुस्तान है।

बस उसी दम तक समन्दर है तेरा क़ायम वजूद,
जब तलक दरिया तेरे किरदार से अंजान है।

कैफ़ियत तुमको बताता हूँ मैं ताजे-हिन्द की
है निगहबानी तुम्हारी औ मेरा सामान है।

कुछ घरों में आज भी रोटी नहीं दो जून की,
ये तरक़्क़ी आपकी बस आपका अनुमान है।

ले गयी फ़िरक़ापरस्ती छीनकर चैनो-अमाँ,
दौरे-हाज़िर का यही सबसे बड़ा नुक़्सान है।

एकता के गीत ही गाते रहोगे उम्र भर,
या अब इसके बाद कोई और भी इम्कान है।

व्योम पर आँखें टिका कर आज फिर।
रह गया हूँ फड़फड़ा कर आज फिर।

ढूँढ़ने निकला हूँ घर तूफ़ान का,
हाथ में दीपक उठा कर आज फिर।

रास्ते ने दे दिया है हौसला,
मील का पत्थर दिखा कर आज फिर।

नित बदलती ज़िन्दगी की राह पर,
मैं खड़ा हूँ सकपका कर आज फिर।

स्वप्न चकनाचूर होकर रह गये,
सत्य से आँखें मिला कर आज फिर।

हमारी सदी में

हर एक ज़ेह्न पे कुछ इस तरह पड़ा पत्थर।
हमारे शह्र में क्या आदमी और क्या पत्थर।

कभी तो वो भी मुहब्बत की बात करता था,
जो अश्क पीते हुए आज हो गया पत्थर।

ये सर बचाने की आदत से फ़ायदा क्या है,
हुक़ूक़ चाहिए तो हाथ में उठा पत्थर।

जवान बेटों के घर में सुकूँ से रहता हूँ,
ये बात और है सीने पे रख लिया पत्थर।

बदन के ज़ख़्म मेरे ख़ूँ से देखकर लबरेज़,
ख़ुद अपनी ज़ात के हासिल पे रो पड़ा पत्थर।

*हरीश दरवेश*101

स्वप्न आँखों में धरा है आज भी।
पर हक़ीक़त से डरा है आज भी।

वक़्त ने रह-रह कुरेदा इस तरह,
घाव बरसों का हरा है आज भी।

पाँव आदी थे चुभन के अन्यथा,
रास्ता काटों भरा है आज भी।

ख़ूब शोलों में तपा है इसलिए,
वो कसौटी पर खरा है आज भी।

हर्ष ये है बेड़ियाँ तो कट गयीं,
दर्द ये है कठघरा है आज भी।

हमारी सदी में

पलक झुहरे मुसीबत में सभी की जान आ जाये।
अगर अधरों पे उसकी मोहनी मुस्कान आ जाये।

सुनहरे रूप को ऐसा बना दे लाज की लाली,
सिँदूरी रंग में जैसे कोई दिनमान आ जाये।

नदी करवट बदलने का इरादा कर के बैठी है,
समन्दर में कहीं ऐसा न हो तूफ़ान आ जाये।

अजब-सी शर्त है इस प्रेम-रस के पान करने की,
ये तब करना कि जब करना तुम्हें विषपान आ जाये।

सरोवर में कोई ताज़ा कमल जब देखता हूँ मैं,
न जाने क्यों अचानक से तुम्हारा ध्यान आ जाये।

भले पाँव घर से निकाला नहीं है।
इरादा मगर मैंने टाला नहीं है।

हर इक चीज़ छूकर समझनी है हमको,
कि इस कोठरी में उजाला नहीं है।

ये गहरा समन्दर है आबाद जिससे,
कहीं उस नदी का हवाला नहीं है।

कहाँ ज़िन्दगी ढूँढ़ते हो तुम इसमें,
ये अमृत है ये कोई हाला नहीं है।

इसे ख़ुद से ही पढ़ना पड़ता है सबको,
कहीं प्रेम की पाठशाला नहीं है।

बारहा ढूँढ़ते हैं लोग यहाँ।
जाने क्या ढूँढ़ते हैं लोग यहाँ।

साँस बनकर जो उनके अन्दर है,
वो हवा ढूँढ़ते हैं लोग यहाँ।

दर्द जब लाइलाज होता है,
तब दवा ढूँढ़ते हैं लोग यहाँ।

आँख रखते नहीं हैं मंज़िल पर,
नक़्शे-पा ढूँढ़ते हैं लोग यहाँ।

ख़ुद तो हैं आदमी-सिफ़त भी नहीं,
और ख़ुदा ढूँढ़ते हैं लोग।

महीनों बाद फिर सावन लगा है।
चले आओ हमारा मन लगा है।

मेरे आने पे उसको देखना तुम,
अभी तो चाँद पर गिरहन लगा है।

कोई जाता नहीं उस घर के अन्दर,
वहाँ पर सामने दर्पन लगा है।

मिला अब प्यार मुझको ज़िन्दगी में,
हमारे हाथ असली धन लगा है।

मेरे दुश्मन से तुम भी हारे हो क्या,
तुम्हारे साथ अपनापन लगा है।

हमारी सदी में

करके दर्शन हमारे नयन आप का।
रात-दिन कर रहे हैं भजन आप का।

चाँद कुछ इस तरह है फ़िदा आप पर,
देखिए कर न ले अपहरन आपका।

रोकते-रोकते आँख भर आती है,
याद आता है जब भी वचन आप का।

सुन रहा है मेरा मन बड़े ग़ौर से,
कह रहा है जो अन्तःकरन आप का।

कुछ अधिक ही लुभावन हुए हैं कमल,
जब से करने लगे अनुसरन आपका।

लोग काफ़ी ज़हीन हैं शायद।
या तो फिर दृष्टिहीन हैं शायद।

ढूँढ़कर आप थक गये जिनको,
वो तहे-आस्तीन हैं शायद।

लोग जो आसमाँ पे बैठे हैं,
आप उनकी ज़मीन हैं शायद।

इतना गुणगान वो भी रोते हुए,
आप श्रद्धा में लीन हैं शायद।

हमारी सदी में

पाँव में एक पायल बजी छन्न से।
जितने झरने थे सब हो गये सन्न से।

आपका एक दर्शन मिला क्या इन्हें,
हो गये हैं मेरे नैन सम्पन्न-से।

कान में शब्द उसके लगे इस तरह,
जैसे मन्दिर में घंटी बजी टन्न से।

आपको ले के भी है समस्या वही,
जो समस्या थी अमृत के उत्पन्न से।

ज़ेहनो-दिल में ज़ातो-मज़हब की गुलामी ओढ़कर।
सो रहे हैं लोग नफ़रत की सुनामी ओढ़कर।

जो दिला सकती नहीं हमको ग़रीबी से निजात,
क्या करें हम चेतना वो ऊर्ध्वगामी ओढ़कर।

अब बचा ही है कहाँ बस्ती में रिश्तों का वजूद,
सब खड़े हैं आस्थाएँ मुक्तकामी ओढ़कर।

आपके छोड़े इसी उजले कबूतर के सबब,
सरहदों पर लोग लेटे हैं सलामी ओढ़कर।

तीसरा नम्बर है इनका टाटा-अंबानी के बाद,
जो सड़क पर घूमते हैं रामनामी ओढ़कर।

हमारी सदी में

इस सदी ने कौन-सा सूरज निकाला है यहाँ।
कोठियों में ही फ़क़त जिससे उजाला है यहाँ।

बाँट कर उम्मीद जो आकाश में खो जायेगा,
सिरफिरों ने आज वो सिक्का उछाला है यहाँ।

देखती रहती थी जो हरदम समन्दर का ही ख़्वाब,
उस नदी के डूब जाने का हवाला है यहाँ।

शर्म से झुकनी थी जो, वो तन गयी तो क्या हुआ,
मस्अला तो ये है उस गर्दन पे माला है यहाँ।

अब अँधेरे कर रहे हैं रौशनी का कीर्तन,
दाल में अब कुछ-न-कुछ निश्चित ही काला है यहाँ।

हरीश दरवेश

आग है जिसके बदन में आँखों में अंगार है।
इंक़लाबी आदमी है या कोई बीमार है।

टूटी खिड़की, उखड़ी छत, सीलन तो उसके बाद थी,
आपने देखी है जो वो बाहरी दीवार है।

जिसके मुँह मे लोरियाँ हैं हाथ में है झुनझुना,
वो बहादुर शख़्स मेरी क़ौम का सरदार है।

जो कहूँगा सच कहूँगा मुल्क के हालात पर,
देख लीजै आप मेरे हाथ में अख़बार है।

किस क़दर तारी हुआ है एक सन्नाटा यहाँ,
शोर आख़िर ख़ुदकुशी के वास्ते तैयार है।

हमारी सदी में

ये फ़िज़ा वाक़ई हसीन है क्या।
आपका भी यही यक़ीन है क्या।

चाँद मुट्ठी में रोकने वाले,
देख पैरों तले ज़मीन है क्या।

देखते-देखते हुआ बेसर,
आँख तेरी तमाशबीन है क्या।

छोड़ दे इंक़लाब की कोशिश,
बाँह पर तेरी आस्तीन है क्या।

अब ख़ुदा आदमी की जेब में है,
बात मेरी बहुत महीन है क्या।

जैसा चाहे वो ढाल लेता है,
पास उसके कोई मशीन है क्या।

देश अच्छी ग़ज़ल तो है लेकिन,
एक भी शेर बेहतरीन है क्या।

तरक़्क़ी की उधर गंगा बही है देखिए साहब।
हमारा हाल तो अब भी वही है देखिए साहब।

ख़ज़ाना लूट लेता है तुम्हारा ख़ुशनुमा भाषण,
हमारी बात तो बस 'लो दही है' देखिए साहब।

जिधर विस्तार पाने की ललक में डूबना तय है,
नदी उस रास्ते पर चल रही है देखिए साहब।

इधर रोटी, उधर बोटी, इधर सिसकी, उधर व्हिस्की,
हमारे मुल्क की खाता-बही है देखिए साहब।

कमाना, घर बनाना, ऐश करना और मर जाना,
नयी नस्लों का बस मक़्सद यही है देखिए साहब।

हमारी सदी में

सौ दफ़ा साहिल से टकराई नदी।
अन्ततः वापस चली आई नदी।

हर तरफ़ है इक भँवर की शृंखला,
प्रेम-पथ पर आज अकुलाई नदी।

बाँध जब भी सामने कोई पड़ा,
बन गयी है लक्ष्मीबाई नदी।

यूँ उफनकर बह नहीं जाती, अगर,
नाप लेती अपनी गहराई नदी।

सौंप ख़ुद को सिन्धु के आग़ोश में,
सिन्धु के जैसी नज़र आई नदी।

ज़िन्दगी हर दाँव पर जीती न हारी, आज तक।
रह गये हैं हम जुआरी-के-जुआरी, आज तक।

क्या बतायें क्या बला है ये समय की क़ैद भी,
काम आयी ही न कोई होशियारी, आज तक।

औपचारिक हो गये सम्मान भी, सम्बन्ध भी,
है वही बीमारी और तीमारदारी, आज तक।

थक गये हैं हाथ, लथपथ है पसीने से बदन,
पोंछने में व्यस्त हैं बेरोज़गारी, आज तक।

हार की चाहत नहीं है, जीतना मुश्किल बहुत,
है मुसल्सल ख़ुद से ऐसी जंग जारी, आज तक।

हमारी सदी में

कुछ मुक्तक

चला हूँ शूल-पथ पर अपनी ख़ुशी से मैं।
पिछड़कर रह गया हूँ इसलिए हर आदमी से मैं।
देखकर यूँ समय खोते हुए हर दिन अँधेरों में,
ज़ियादा मौत से भी डर रहा हूँ ज़िन्दगी से मैं।

कहीं उत्कर्ष की हद पे, कहीं है गर्त में जीवन।
मगर सबको मिला है मौत की इक शर्त में जीवन।
खुरचकर नोक से आभास की देखा किये हरदम,
छुपा है यूँ हज़ारों अनुभवों की पर्त में जीवन।

सिमटकर दायरों के बीच चलना आ गया मुझको।
बहुत ही तंग गलियों से निकलना आ गया मुझको।
चलो अच्छा हुआ ठोकर लगी, घायल हुए लेकिन,
अचानक लड़खड़ाने से सँभलना आ गया मुझको।

हम इक दिन में कई अंजान राहों से गुज़रते हैं।
कहीं पर आकलन करते, कहीं अनुमान करते हैं।
जहाँ जीना बहुत मुश्किल, जहाँ मरना बहुत मुश्किल,
वहीं हम रोज़ जीते हैं, वहीं हम रोज़ मरते हैं।

परिचय

मूलनाम : हरीश कुमार श्रीवास्तव

पिता का नाम : स्व. रामचन्द्र श्रीवास्तव

माता का नाम : स्व. विद्या देवी

जन्मतिथि : 30.11.1968

शिक्षा : बी. कॉम. (कॉमर्स स्नातक)

रोजगार : स्वरोजगार/ सौर ऊर्जा फर्म

साहित्यिक उपलब्धियाँ : विभिन्न संस्थाओं द्वारा पुरस्कृत-सम्मानित। अनेक राष्ट्रीय काव्य-मंचों पर काव्य-पाठ। देश के महत्त्वपूर्ण पत्र/पत्रिकाओं में लेख एवं कविताएँ प्रकाशित। आकाशवाणी-दूरदर्शन पर काव्य-पाठ

सम्पर्क :
सतगुरु भवन, हनुमान कॉलोनी के पीछे
मोहल्ला- बभनगाँवा (निकट रौता चौराहा)
मालवीय रोड, गाँधी नगर,
बस्ती (उ. प्र.) पिन- 272001
मो.- 7081313541